당신의 특별한 이야기

당신의 특별한 이야기

초판 1쇄 발행 2024년 4월 17일

지은이 박정애
펴낸이 이기봉
편집 좋은땅 편집팀
펴낸곳 도서출판 좋은땅
주소 서울특별시 마포구 양화로12길 26 지월드빌딩 (서교동 395-7)
전화 02)374-8616~7
팩스 02)374-8614
이메일 gworldbook@naver.com
홈페이지 www.g-world.co.kr

ISBN 979-11-388-2998-4 (03810)

• 가격은 뒤표지에 있습니다.

• 파본은 구입하신 서점에서 교환해 드립니다.

한 상담자가 시로 쓴 기도 일기

당신의 특별한 이야기

박정애 시집

좋은땅

목차

한 상담자가 시로 쓴 기도일기

시간

어느 날
나의 시간이 멈췄다

시간을 걷던 발은 더 이상 움직일 수 없다
아무리 걸으려 해도
걸어지지 않는다

내 힘으로 걸으려는 걸 멈추자
시간이 다시 움직인다

느린 듯하지만 느리지 않고
순간을 이동하듯
오래된 시간과 오지 않는 시간을 넘나든다

질문

지금의 시간을 견디면
길이 보일 줄 알았다

불의에 타협하지 않고
의를 구하면

정당한 방법으로
길이 열릴 줄 알았다

그런데, 왜, 아직도,
고난 끝에 빛나는 사람은
내가 아닐까?

물어도
물어도
질문이 다시 내게 돌아온다

넌 내 것이지

몸이 아프다는 걸
병원에서 알려 주고 나서야 알았다
내 몸은 내 것이 아니라는 걸

내가 지금 어디쯤 서 있는지
무엇을 해야 하는지
길을 잃고 나서야 물었다

그럼 나는 누구 거지?

그분이 말씀하신다
누구 거긴
넌 내 것이지!

이제야

인생의 절반을 살아오면서
“하나님, 도와주세요!”
수도 없이 기도했지만

실은 나 하고 싶은 대로 하면서
하나님만 불렀던 거다

죄는 내가 지었지만
뒷감당은 하나님이 해 주세요
나를 지으신 분이잖아요?
교만한 기도를 주문처럼 외웠던 거다

나 하고 싶은 대로
이리 뛰고 저리 뛰어도
아무 소용이 없다는 걸
이제야 알게 되었다

이제 남은 절반의 시간
다시 기도를 시작한다

보채는 어린 양

하나님께 응답을 너무 받고 싶어서
간절히 기도했다
오늘 밤, 꿈에서 저에게 말씀해 주세요

잠이 안 온다
한참을 뒤척이다가 기도한다
어느새 잠이 들었다가 깼다
꿈 내용이 하나님이 주신 내용일까 봐
깨자마자 부리나케 적었다

하나님께 다 맡긴다고 해 놓고
보채는 어린 양을 용서하세요

하나님을 만나는 지점

노력이 더 이상 통하지 않는 지점까지
내려왔을 때서야
비로소 하나님을 만나게 된다

이기적이고 본성대로 살고자 하는
내가 깨질 때서야
진짜 관계가 시작된다

여기가
하나님 안에서
진짜 관계가 시작되는 지점이다

주님의 방식

책이 나에게
말을 거는 음성을 들으며 살아왔습니다

외롭고 고독했던 나는
이야기를 통해 위로받았고
상상을 통해 희망을 잃지 않았습니다
오랜 시간 나는 우연히 만난 책을 따라
여기까지 오게 되었습니다

주님을 다시 만나고서야,
나에게 책을 보내 준 것도
책 속에서 위로받고 회복하게 한 것도
모두 주님이라는 걸 알게 되었습니다

그것이 나에게 필요한 방식이라는 것을
당신은 나보다 더 나를 잘 아셨습니다
그렇게 나를 사랑하십니다

저와 함께 계셨지요?

오래된 일기장을 잃어버렸다
그 시간의 기록이 이젠 없다

살짝 누르기만 해도 아픈 멍처럼,
스물 몇의 나는 참 아팠다
서른 몇의 나는 여전히 흔들렸다

주님!
그때도 제 옆에 계셨겠지요?

힘들어지는 상황으로 내몰리던 순간에도
제가 이불이 젖도록 울다 잠이 들던 순간에도
위태롭게 흔들리는 순간에도

저와 함께 계셨지요?

거짓 자아

당신의 자녀 외에
저는 아무것도 아니어야 합니다

지금도 제 거짓 자아는

잘난 '나'로 세상에 서라고 유혹합니다
하나님을 높이는 대단한 일을 하라고 부추깁니다
지금 하는 일을 내세우라 합니다

내 안에 있는 거짓 자아는
죽고
또
죽어야 합니다

모래 몇 알

세상엔 억울한 일이
한두 가지인가!

모래알처럼
많은 일들 중
나도 그 모래 몇 알일 뿐

괜찮아
괜찮아

하찮아서가 아니고
세상이 너무 넓어서이니

바람 불고
파도에 쓸려가다 보면
그 모래 몇 알 억울함쯤이야
있는 줄도 모를 걸!

회개

나를 벼랑으로 밀었던 사람
그가 기도를 한단다
그의 하나님에게

그는 도대체 무슨 기도를 할까?
그의 하나님과 나의 하나님은 다른 분일까?
수많은 생각들이 나를 괴롭혔다
그를 저주했다

어디선가,
용서하지 못하는 것은
죄라는 말을 들었다

왜?
질문은 나를 파고들었다

그러다가 문득 깨달아졌다

그를 죄짓게 한 건 나였구나
그에게 죄지을 기회를 준 건 나였구나
허락되지 않은 상처를 받고
미움, 원망, 저주가 내 안에 자리 잡는 걸
허락한 이가 바로 나였구나

주여!
함부로 상처받고
악한 생각과 악한 마음을 품은
저의 죄를 용서하소서

그들 또한 당신의 자녀이니
판단은 주님께 맡깁니다

내가 있잖아

믿었던 사람들의 뒷모습에
나는 아팠다

한 번씩 아플 때마다
이전에 함께 나눈 기쁨이 원망스러웠다

내가 있잖아!
그분이 말씀하신다

오래된 기억 1

오래된 기억이
그대를 흔들지 못하도록
하나님과의 기억을 잡으라

고백

공기처럼
당신이 내 옆에 계셔서
지금 내가 살 수 있습니다

누군가에게 베푼 호의가
내 뒤통수 치는 일로 돌아왔어도
타인을 배려한 나의 행동이
이용해도 좋은 사람이라는 신호가 되었어도

믿었던 사람이라서
마음 준 사람이라서
더 아팠어도
미움이 나를 삼키지 못하는 것은

숨을 쉴 때마다
내게 생기를 불어넣어 주는
당신 덕분입니다

습관

습관처럼
누군가를 미워하는데
내 안에서 누군가 묻는다

너, 지금 어디에 있니?

아!
내가 또 예수님 밖에 있었구나
그래서 원망과 미움이 내게로 왔구나

안녕

당신을 따라가다 보면
멀어진 것이 가까워지고
가까웠던 것이 멀어집니다

한때 목숨처럼 소중했던 것이 멀어지면
움칫! 애잔함이 찾아오지만

괜찮습니다
당신은 그런 애잔함조차도
빛으로 만드니까요

안녕!
한때 가까웠던 모든 것들

안녕!
가까이 온 새로운 것들

기도 1

기도가 필요한 시간

나를 위한 기도
당신을 위한 기도

기도를 한다
기도하듯 숨을 쉰다
기도하는 마음으로 산다

나와 같이 가자

숨이 차다
산을 오를 때처럼

하악, 하악, 하악, 하악

내가 산을 올랐구나!
내 욕심의 산을 오르느라 숨이 찬 거구나!

멈추라고
천천히 걸으라고
몸이 나에게 말을 건다

후~~하! 후~~하! 후~~하~~

숨을 고르고
정신을 차리니
예수님이 웃고 계신다

정애야!
천천히 가도 괜찮다
나와 같이 가자

속도

일상을 멈추고 보니 알았다

실은
내가 아주 느리다는 걸

느리게 가면 갈 수 있어도
빨리 가려 하면 탈이 난다는 걸

그래서 매일매일이 힘들었나 보다
그래서 하루하루가 무거웠나 보다

탈이 나고 보니
원래 내 속도로 지낼 수 있어 좋다

거북이처럼 가는 것도
달팽이처럼 사는 것도 좋다

하늘의 꽃밭

피지 못한 꽃이어도 괜찮아!
아버지께로 가면 활짝 피어날 걸

작은 꽃봉오리,
여기까지여도 괜찮아!

아버지 보시기엔 하나뿐인 귀한 모습
아버지 계신 나라에선 화단 가득 꽃 피울 걸

사랑 1

사랑이 아파서 울고 있는 나에게
누군가 말을 건다

많이 아프니
나도 아프다

어쩌겠니, 내 사랑이 더 큰 것을…
그래도 사랑하는 수밖에

고개를 들어보니 그분의 뒷모습,
큰 사랑이 필요한
작은 사람에게로 가시나 보다

사랑은 사랑으로
큰 사랑으로 작은 사랑을
감싸 안아야 하는구나!

놓지 마

기억하렴

네 주위에 아무도 없어 절망하는 그 순간에도
난 너와 함께 있단다
무엇도 널 도울 수 없다 여겨지는 그때에도
난 널 잡고 있단다

네가 쓰러지면 일어날 때까지 기다릴 거고
네가 일어나면 너와 함께 갈 거야
난 널 놓지 않을 거야

어디에 있든
무엇을 하든
너도 날 놓지 마!

뭐가 잘못되었을까?

하나님이 내게 주신 사랑은
끝이 없어서

얼어 버린 나를 녹이고
내 약한 마음도 맡길 수 있고
어떤 상황에도 용기 낼 수 있고
내 모든 걸 다 품어버린다

그 사랑이 너무 귀해서
내가 받은 사랑을 나누고 싶어서
소중한 이에게 말을 건네지만

내 입에서 나오는 말은
통제하고
재단하고
위협하고

노엽다

뭐가 잘못되었을까?

사랑 2

아이와 함께 하는 시간
세상에서 배워 온 어떤 방법도 통하지 않는다

세상이 만들어 온 나는 깨어지고 만다
흩어지고 만다

내 안에서 올라오는 울부짖음과 온갖 저주들
지금까지 애써 온 나를 비웃으며
어둠으로 나를 밀어 넣는다

사라지고 싶은 순간
빛 한 줄기가 내 마음으로 들어온다

주님도 나를 이렇게 사랑하시겠구나
내 마음도 이렇게 답답하고 안타까운데
주님의 마음은 더하시겠구나

날마다 죄 짓는 나를
날마다 사랑하시는 것처럼

날마다 나를 밀어내는 아이를
날마다 다시 사랑해야겠구나

내 사랑은 전달되지 않으니
내가 받은 큰 사랑을 주어야겠구나
주님이 내게 주신 그 사랑이어야겠구나

광야 1

세상으로 향하는 문을 닫으면
하나님께로 가는 광야가 펼쳐진다

세상을 향한 내 욕망이
돌이 되어 널브러져 있다

아직 심장이 뛰고 있는 빨간 돌
이미 식어 버린 검은 돌
돌무더기 틈에는 기도하는 위선이 있다

하나님을 부르지만
심장 뛰는 돌에게 눈을 떼지 못하는 위선

그것은 나를 속인다
그 위선 뒤로 누군가 웃고 있다

하나님께로부터 나왔으나

하나님께 속하기를 부정하는
스스로를 속이는 가증한 자!

광야 2

날이 어두워지면
가증한 것의 그림자가 돌무리에 드리운다

살아나는 돌들
식어 버린 돌들에 심장이 뛰고
다시 살아나 움직인다

점점 움직임이 커지는 무더기 돌들,
광야의 고요를 깨뜨린다

시끄러운 광야의 밤에 새벽이 오고 나서야
새벽을 깨우는 닭이 세 번 울고 나서야
가증한 것의 그림자는 사라진다

기도하는 위선은 눈물을 흘린다

기도 2

하나님!
이제야 제가 지은 죄를 고백합니다. 저의 약함으로 악이 제 삶을 흔들 수 있게 자리를 내어준 죄를 회개합니다. 제가 사람들에게 받은 상처의 틈으로, 미움과 원망이 제 안에 자리 잡도록 내버려 둔 죄를 회개합니다. 제가 제 삶의 주인인 줄 알고 살아온 수많은 날들을 고백합니다. 제가 만나는 사람들에게 '당신이 삶의 주체'이며 '무엇이든 당신의 뜻에 따라 할 수 있다'는 거짓말을 수도 없이 했습니다.
하나님 안에 있을 때에만 제가 저로 살 수 있다는 것을 지금에서야 알게 되었습니다. 세상을 통해 배운 지식을 내려놓고 하나님 안에서 다시 배워 가겠습니다. 저의 주인이시니, 제가 보고 듣고 말하고 생각하는 모든 앎과 실천의 과정에 함께 하시기를 간절히 기도드립니다.

싹

꿈틀거리는 생각
설레고 기대되는 마음

하지만
이것이 하나님이 주신 것이 아니라면
싹트지 않게 하소서

교만

조금만 방심하면 웃자라는 너
넘치는 은혜는 하나님의 능력이라니까
자꾸 잊는 나에게 속삭여 주는 분, 성령님

서퍼의 마음으로

주님의 말씀 위에
나에 대한 믿음의 돛대를 세운다

수없이 나를 쓰러뜨리는
세상의 파도를 어떻게 대할 것인가!

바다에 빠지고도,
다시 보드 위에 올라 파도를 타는 서퍼

말씀을 잡고 다시 일어선다

어떤 상황에서도
중심에 굳건한 믿음의 축을 세우고
삶에 유연히 대처하는 서퍼

한 걸음 한 걸음

한 걸음
한 걸음
걷다 보면

발자국은 이어질 거야!

넘어지기도 하고
화가 나기도 하고
안타깝기도 하겠지만

계속 걸어가게 될 거야!

돌 구르는 소리

밀려오는 파도에 자갈이 구르듯
밖에서 들려오는 목소리에
내 안의 자갈들이 구른다

밀려오는 소리
밀려나가는 소리
돌 구르는 소리에 귀를 기울인다

내 안에서 들리는 돌 구르는 소리
귀를 기울인다

정리하고 싶은 마음
알리고 싶은 마음
나누고 싶은 마음
그분의 도구로 살고 싶은 마음

그 마음들이 모여

돌 구르는 소리를 낸다
기도가 된다

초대

매일 너의 가정에 나를 초대하라!
나는 너와 날마다 함께하기를 원한다!

몰입

세상의 시간을 멈추고
그분의 시간을 살아가기

하나님의 음성에 귀 기울이기
하나님과 대화하기

빛 1

보아도 보이지 않고
들어도 들리지 않는
흑암

그를 사모하는 마음은
더더 깊어져야만 한다

내가 그 안에
그가 내 안에 있으면

하늘의 빛이 흑암을 걷어내고
그분께로 가는 길을 낸다

손

예수님!
절 좀 꼭 잡아 주세요
자꾸 흔들려요

세상을 잡고 있는 한 손을 놓고
두 손으로 나를 꼭 잡으렴!

난 한 번도
너를 놓은 적이 없단다

멀미

하루가 저물어도
바다의 일렁임은 멈추지 않는다

일렁이고
일렁이고
일렁인다

어둠 속에
차곡차곡 쌓인
불안한 감정
나를 흔드는 생각

그만 토해 버렸다
토해 낸 것들조차 삼켜 버리고
다시 일렁이는 바다

아직도 먼 여정

비어 버린 배 속을 채우려면
말씀을 먹어야 한다

숨

어느 날
발버둥치는 노력이
더 이상 통하지 않는 순간,

나는
혼돈과 절망 속으로
한없이
한없이
떨어진다

끝이구나!
더 이상 애쓰지 않는다
더 이상 아무 노력도 하지 않는다
그저 무력한 나를 느낀다

살아도 죽은 목숨
노력이 숨을 멈추자,

나를 건져 올리시는 이

죽은 나를 건져
그분 안에서 숨 쉬게 하신다

그림자

아직도
용서 못 한
한 사람

잊지 못하는
그 기억

놓지 못한
그 시간

빛이고픈 나에게
그림자로 남았네

빛 2

빛으로 오셔서
어둠을 밝히신
주여!

빛으로 오셨기에
어둠이 어둠임을
알았습니다

주님 안에서
빛을 따라 살아가면

제 안에 있는 어둠은
빛으로 살게 될 것을 믿습니다

미혹

이거 봐! 넌 맨날,
하나님 말씀대로 산다고 말만 하고
지키지도 못하잖아!

하나님도 널 보고 매일 실망하실걸!

이제 거짓말은 그만하고
하던 대로 하고 살지 그래?

짧은 인생, 좀 단순하고 즐겁게 누리고 살아!
너만을 위해 살아!
열심히 살았잖아!
넌 충분히 그럴 자격 있어!
그게 행복이야!

주여!
어떤 순간에도

주님만을 바라보고
말씀을 붙잡게 하소서
주님 음성만 듣게 하소서

기도 3

망망대해
길을 잃은 배 한 척
등대불을 찾지만
보이지 않는다

아무도 모르는
제 안의 어둠을 아시는 주님!

저를 건져 주소서
주님밖에 없습니다

기도 끝에 동트는 새벽
그 빛이 나를 이끈다

기억하게 하소서

잊어야 할 것은 잊게 하시고
잊지 말아야 할 것은 기억하게 하소서

제가 기억하지 못하는 순간에도
주님이 함께 계셨음을

어떠한 순간에도
하나님의 눈길이 저에게서
비켜난 적이 없음을
기억하게 하소서

눈

눈 속에 작은 물주머니가 생겼다
글씨도 컸다 작았다
책 속의 줄도 일렁일렁

두려움이란 안경을 쓰고 본다
이전과 다르게 보이는 세상이다

내가 만든 세상이니
나의 눈으로 보렴!

이전에는 보이지 않았던 것도 보이게
이전에는 잘 안 보이던 것도 선명하게

건망증 심한 내가 잊지 말라고
투명한 회색 동그라미 하나 두고 가셨다

크게 부풀었던 두려움이
동전만큼 작아진다

하루의 시작

날마다
그리스도의 죽음과
부활을 받아들이는 것으로
하루를 시작하기

날마다
일상에서
예수님의 길을 걷기

계산 1

돌려받지 못한 사랑
돌려받지 못한 마음

아직도 남아 있는
가슴 한 켠 빈자리

내가 준 사랑은
내가 준 마음은

실은 받고 싶은 것을 준 것일 뿐
처음부터 돌려받을 건 없었다고

그분이 제게 전해 주셨어요

짐

하, 루, 하, 루, 하, 루,

내 앞에 있는 짐
날마다 짊어져도
짐은 줄어들지 않고 늘어난다

내가 이렇게 애쓰는데
넌 그렇게도 몰라주고…

눈물도 났다가
화도 났다가
나도 짐이 되어 버린다

혼자 다 짊어지느라
참 많이 무거웠겠다!

이제 그 짐 놓고 내게로 와
네 마음이 쉴 수 있게!

진짜 목표

하나님의 창조물로서
그의 영광을 위해 사는 것이
우리 삶의 목표래

가정에서도
학교에서도
사회에서도

말해 주지 않은 진짜 내 삶의 목표야

내가 만난 예수님 1

사람이란 파도
수많은 감정과 역동의 파도

그 살아 움직이는 파도가 이는 바다 위
작은 배 한 척

그 안에서 웅성이는 사람들 속에
평온히 잠들어 있는 한 사람,
예수

그분이 나에게 말씀하신다
나의 평안이 네 안에 있게 하라!

내가 만난 예수님 2

성경에서 만난 예수님

그 넓음
그 따뜻함
그 강인함
그 깊음

내 안의 그릇은 너무 작아서
그분의 일부도 담을 수 없네

그 넓음
그 따뜻함
그 강인함
그 거룩하심

담을 수 없네
그저 따라갈 수밖에…

내가 만난 예수님 3

성경 말씀을
따라가다 보니
자꾸자꾸
내가 있는 자리가 낮아지네

낮아질수록
행복해지네

낮은 자리로
낮은 자리로

한참을 내려오니
예수님이 기다리고 계시네

왔구나!

내가 만난 예수님 4

제가 뭐라고,
이렇게까지 저를 사랑해 주시나요?
제가 뭐라고…

죄 많은 죄인을
이렇게까지 귀하게 여겨 주시고
항상 저와 함께하시나요?

당신이 침묵할 때도
언제나 저와 함께 계셨음을
이제는 압니다

내게 너무 크신 분
예수님

내가 만난 예수님 5

정애야
같이 가자
나와 같이 가자

네, 주님

그런데
주님은 저보다 더 낮은 곳에 계시네요

그래도
같이 가자
내려와서 나와 같이 가자

내가 만난 예수님 6

누군가에게
이렇게 큰 감동을 느낀 적이 있을까

당신의 큰 사랑에
오늘도 눈물이 흐른다

눈물이
혼탁한 나의 내면을 씻어내면

그제야
나는 주님을 만난다

오늘 1

오늘
또 오늘
제 안에는 주님이 가득입니다

깨뜨리고 싶지 않은 시간
영원하기를 바라는 시간

매 순간
주님이라면 어떨지 상상해 봅니다

오늘
또 오늘
말씀을 먹습니다

찐 사랑

예수님이
알려 주신
사랑

참
큰 사랑
진짜 사랑

오랜 시간 동안
세상이 알려 준 사랑을 놓고
예수님의 사랑을 담는다
내 가슴에

음성

오랜만에 은사님을 찾아갔다
마음의 고향 같은 분

하나님 안에서
무슨 일을 해야 할까요?

은사님의 음성으로
하나님이 말씀하신다

지금 있는 그곳에서
네가 가지고 있는 도구로

이웃에게 선한 나눔을 하라
너를 통하여 그들이 나를 알게 하라
그것으로 나를 영광 되게 하라

내가 사는 이유

하나님
가장 큰 진리
버릴수록 충만해지는 신비
내가 사는 단 하나의 이유

혼자

나는
혼자 있습니다

그러나
혼자가 아닙니다

하나님이 주인이신 세계에선
혼자여도 혼자가 아닙니다

오직 주님

주님!
주님!
주님!

주님을 부르는 마음은 서로 달라도
들으시는 분은 오직 주님

부르는 음성에 담긴 절박함은 달라도
들으시는 분은 오직 주님

믿을 수 없는 세상에 변하지 않는 건
오직 주님의 진리

오직
주님

오늘 2

오늘도 저에게
아무것도 아닌 날을
허락해 주셔서 감사합니다

저의 노력으로만 애쓰는
헛된 시간에서 벗어날 수 있었습니다

주님이 아니시면
저는 아무것도 아님을
저의 어떤 노력도 부질없음을
제가 일을 이루지 못하는 것이 당연함을
알았습니다

아무것도 아닌 저에게

오늘은
주님이 저를 위해 준비하신 선물입니다

행복

맑은 샘물에
마른 목을 축이는 상쾌함

실오라기
걸치지 않은 자유로움

어느 한 사람도 내 마음에 걸리지 않고
담을 수 있는 넉넉함

내 안에 주님이 계실 때
일어나는 변화랍니다

걸음

저벅
저벅
저벅

하루
하루
하루

오늘도
주님을
따라갑니다

주님을 보는 방법

한쪽 손에 쥔 것을 놓아 보렴
한 눈을 가린 손을 치워 보렴

길이
보일 거야
길 위에 선
주님이 보일 거야

그리고
그분의 음성이 들릴 거야

계산 2

나를 세상에 내신 분도 주님이시고
지금을 살게 하시는 분도 주님입니다

심으신 이도 주님이시고
거두시는 이도 주님입니다

내가 맺은 열매는 주님의 선물이고
잃어버린 열매는 주님께 돌려드린 것입니다

내게 있는 모든 것은
주님께서 잠시 빌려주신 것이니
잃어도 억울할 것 없습니다

길

나를 낮추고
내 방법을 놓고
내 감정을 따르지 않으니

새 길이 나타난다

주님이 높아지고
주님의 방법을 구하고
주님의 말씀을 따르는 길

주님,
이 길을 따라가면
주님이 가시는 그 길로
저도 갈 수 있나요?

하나님의 의지

세상과 구별 짓는 그 한마디,
너는 내 것이라!

누구는 하나님을 모르고
누구는 하나님을 잃어버리고
누구는 하나님을 지워버리고
누구는 하나님이 되려 한다

길 잃은 양들에게
하나님은 여전히 말씀하신다

아직도 너는
내 얘기를 들으려 하지 않지만
여전히 너는 내 것이란다

그건 네가 아닌 나의 의지란다

안식일

월요일
화요일
수요일
목요일
금요일
토요일, 휴~

그리고
안식일

너를 위하여 있는 날
숨찬 네가 하나님을 잃어버릴까 봐
오래전부터 준비하신
하나님의 선물

기도 2

어떤 순간에도
저는 주님 안에 있으니

슬픔과 고통 속에
제 자신을 내버려두는 죄
짓지 않게 하소서

오물 가득한 쓰레기통
그 안에서도
거룩해지게 하소서

주님의 손이 저를 붙드심을
기억하게 하소서

창조의 비밀 1

세상은 참으로 많은 것을 가르쳐 주었다

우리는 무엇이든 할 수 있는
자유의지를 가진 존재라고
끝까지 노력하면 꿈을 이룰 수 있고
꿈을 이룬다면 성공한 삶이라고
과학은 모든 것을 설명해 낼 수 있으며
그 과학을 창조한 것은 인간이라고

인간은
무엇이든 만들어 낼 수 있는 존재이며
자신이 곧 우주가 되고
삶의 창조자가 될 수 있다고
세상이 알려 준 것은 셀 수도 없이 많지만

단 한 가지는 알려 주지 않고 감추고 있다

우리는 하나님 안에서만
살아갈 수 있게 창조된 존재라는 것을

뱀의 진실 1

하나님이 만드신 뱀
그는 아주 중요한 진실을 알고 있었다

아담과 하와가
하나님을 떠나서는
에덴동산에서 살 수 없음을…

진실을 감춘 뱀은
아담과 하와의 자손들에게

하나님 밖에도 에덴동산이 있다고
에덴으로 가는 수많은 길이 있다고
쉼 없이 속삭이며

하나님 안에서
에덴동산에 살았던

태초의 기억을 지우고 있다
에덴동산에 산 적이 없는 것처럼…

뱀의 진실 2

그는 능력을 선택한 대신
하나님 밖에 머물렀다

스스로 선택했으나
감당하기 어려운 고립감에
그는 최면을 건다

더더 높이
더더 풍요롭게
더더 화려하게

이게 행복이라고
이게 성공이라고
이게 삶의 목적이라고

하나님은
처음부터 없었다고

창조의 비밀 2

하나님이 창조하신 아담과 하와
그들은 아주 중요한 한 가지를 잊었다

하나님 안에서만
에덴동산에서의 모든 것을
누릴 수 있음을

죄는
망각은
어리석음은
세대를 타고 흘러

하담과 하와의 자손은
그들만의 에덴동산을 만들고 있다
지금도!

새로운 문

어느 날
시간이 멈추고 문이 닫혔다
안에서 닫힌 문은 밖에서 열리지 않는다

내가 하던 일들
내가 만나던 사람들이
들어오지 못하자,

내 안에 주인처럼 살던
생각들이 짐을 싼다

고요의 시간
텅 빈 공간을
마주한다

닫힌 문으로
하나님의 말씀이 들어온다

새로운 시간이 움직이기 시작한다
새로운 문이 열린다

기도의 힘

주님을 향한 마음도
조금만 방심하면
교만으로 바뀐다
거짓을 향하게 된다

주님께로 가는 길을 걷다가도
조금만 방심하면
길을 잃는다
넘어진다

아무리 애써도 되지 않을 때서야
더 이상 노력이 통하지 않을 때서야
그제야 주님을 찾는다
"주님 도와주세요!"

내 노력을 멈추고
기도를 하면

주님은 내 손을 잡으신다
그 잡은 손을 당기신다

오래된 기억

오래된 기억이 찾아오거든
왔던 곳으로 돌아가라고
보내주세요

어떤 이야기를 하더라도
손을 잡지 말고 놓아 주세요

당신이 있는 곳은 '여기'
당신이 사는 시간은 '지금'

그래도 기억이 자꾸 맴을 돌거든
그래그래 애썼구나
그래도 이젠 가야지

그래도 돌아가지 못하겠으면 하나님께로 가렴!
그분은 너를 알아주실 거야, 반겨 주실 거야!

오래된 기억 속 당신에게
말해 주세요

벌거벗은 나

주님 앞에 서면

소중한 사람
애쓴 노력
쌓아 온 성과
지키고 싶은 보물
살아온 시간의 기억들로

내가 만들어 온 견고한 성은
모래알이 되어 흩어진다

쥐려고 해도 쥐어지지 않는
부질없는 노력들이
허공에 날아간다

모두 흩어지고 나서야

하나님이 세상에 내신 모습 그대로
벌거벗은 내가 보인다

용서

이제는
당신에게 상처 준 이를 용서하기로 해요

이제는
사랑하는 이에게 상처 준 자신을
용서하기로 해요

이제는
자신에게 주는 벌을 거두기로 해요

이제는
오랫동안 당신을 기다려 온
그분의 손을 잡기로 해요

태초부터
당신을 기다리는 그분의 사랑

이제는
그 사랑 안에서 살기로 해요

말씀의 힘

말씀이 내게 들어오면

내게 쌓여 온 세상의 지식이
힘을 잃어 흩어집니다

사는 모든 시간이
주님의 시간으로 바뀌고

주님의 시간 안에서
말씀의 능력으로
새로운 지혜가 만들어집니다

말씀으로 세상을 만드신 하나님이시기에
말씀이 사람 되어 오신 예수님이시기에

주님의 말씀이 들어와

내가 새로 태어나는 것은
처음부터 주님이 예정하신 은혜입니다

이야기의 진실

너무 큰 두려움에 막혀 있으면
이야기는 나오지 못할 수 있다

이야기는 마음과 생각이 움직여야
상상의 세계로 이어지기 때문이다

그럼에도
이야기가 두려움을 뚫고 나오려 한다면

하나님을 향할 수 있도록
이야기에 빛을 비추어야 한다

입술을 열어

주를 부르는 입술은
성령의 이끄심으로 열리니

어디서나 주를 부르고
말씀을 선포하라

성령이여!
내 입술에서 말씀이 흘러
주의 울타리 밖으로도 전해지게 하소서
밖에 있는 이들도 듣고 주께로 오게 하소서

하나님!
성령의 감동으로
저의 입술을 열어 주소서

온 시간

내 안에 가득 찬
세상의 것들을 비우시고
당신이 허락하신 것으로 채우시는 주님

내게 허락하신 고난을
다시 차고도 넘치는 은혜로
바꾸어 주시는 주님

주님은
하늘이라서
성경은
바다와 같아서

내 온 시간으로 만나야 한다

설렘

시작과 끝
하늘 아래 모든 것을
주관하시는 분

어제는 나를 그곳에 두시더니
오늘은 이곳에 있으라 하신다

그는 내 갈 곳을 정하시는 분이시니
그저 따라가기만 할 뿐

내일은 어디로 나를 보내실지
하루하루 사는 시간이
궁금하고 설렌다

진짜 나

혼자인 이 시간과 공간
당신이 있음을 온전히 누리는 충만

세상에서 아무것도 아닌 나는
당신 안에서 진짜 내가 됩니다

필사

쓴다
말씀을 쓴다
살아 있는 말씀을 먹는다

펜 끝에서 나오는 말씀이
너무나 달아!
너무나 달아!

말씀은
내 영혼 깊은 곳까지 적신다

주님이 하신 말씀을 만난다
말씀으로 오신 주님을 만난다

무제

한 걸음
한 걸음

한 호흡
한 호흡

하루
하루

주님께
가까이
갑니다

인생

하루씩
하루씩

읽고
쓰고
이야기하고

듣고
행동하고
생각하고

그렇게
하루하루
더해져 간다

인생이 된다

빛

날이
참 좋다

빛을 품은 하늘은
먹구름조차 곱다

내 인생이 그분 안에 있으면
어둠도 빛이 된다

꿈

꿈을 꾸었다

땅에서 꽃 한 송이가 피더니
곧 그 꽃에서 씨앗이 퍼져나가고
꽃이 여기저기 피어나
온 땅이 꽃으로 덮여 버린다

내 입에서 나오는 복음이
꽃이 되고
멀리 퍼져나가
온 세상을 덮어 꽃밭이 되는 것

주님이 내게 보여 주신 꿈!

별

그분의 이끄심과
나의 간절함이 만나면

내가 만나는 사람들은 하나의 별,
사랑의 씨앗이 된다

부록

서 있는 곳이 삶의 막다른 골목에 여겨질 때, 펜을 들어 종이에 끄적끄적 글을 적어 왔습니다. 종이에 끄적끄적 내 마음을 털어놓을 때마다 적었던 글은 차츰 시가 되었습니다. 시를 쓰고 또 썼던 시를 다시 읽고 또 읽다 보니, 시는 나에게 친구가 되고 위로가 되고 나아갈 길이 되어 주었습니다. 여기에, 제가 시에서 이야기를 만나는 방법을 공유합니다.

시에서 내 이야기를 만나는 방법 1

1. 시를 읽습니다.
2. 시를 소리 내어 읽습니다.
3. 시선이 머무는 단어와 구절에 밑줄을 긋습니다.
4. 밑줄 그은 단어와 구절을 소리 내어 읽습니다.
5. 떠오르는 기억, 단어, 문장을 적어 봅니다.
6. 펜 끝이 멈출 때까지 글을 적어 봅니다.
7. 다시 읽어 봅니다.

시를 읽으며

생각나는 단어들

당신의 기억 조각들

글이 되는 당신의 이야기

시를 읽으며
생각나는 단어들
당신의 기억 조각들
글이 되는 당신의 이야기

시를 읽으며
생각나는 단어들
당신의 기억 조각들
글이 되는 당신의 이야기

시를 읽으며
생각나는 단어들
당신의 기억 조각들
글이 되는 당신의 이야기

시를 읽으며

생각나는 단어들

당신의 기억 조각들

글이 되는 당신의 이야기

시를 읽으며

생각나는 단어들

당신의 기억 조각들

글이 되는 당신의 이야기

시에서 내 이야기를 만나는 방법 2

1. 마음에 와닿았던 시 한 편을 선택합니다.
2. 시를 필사합니다.
3. 소리 내어 읽습니다.
4. 인상적인 단어나 구절에 밑줄을 긋습니다.
5. 해당 부분을 바꾸어 시를 다시 적어 봅니다.
6. 소리 내어 읽어 봅니다.

에필로그

상담 공부와 연구를 해 오면서 맺은 가장 큰 열매는 자신의 이야기를 찾아가는 과정이 얼마나 소중한지 알게 된 것입니다. 자신의 이야기는 곧 '나는 누구인가'에 대한 해답을 찾아가는 과정이고 곧 그 사람의 정체성이라는 것을 깨닫게 되었습니다.

저는 2017년 박사 학위 취득 후, 상담연구소 개소를 앞두고서 연구소의 이름을 무엇으로 할지 고민했습니다. 그렇게 고민하던 중에, 그동안 저와 함께 자신들의 이야기를 하고 함께 나누면서 생기를 찾아가는 모습이 떠올랐습니다.

내 앞에 있던 한 사람 한 사람이 '자신의 이야기를 하고 다시 하면서 새롭게 생기를 가지게 되던 모습'은 참으로 경이로웠습니다. 그분들의 입술을 통해 나오는 이야기는 그분들이 살아낸 특별한(precious) 이야기라는 것을 깨닫고 기뻐했던 기억이 떠올랐습니다. 그러면서 떠오른 말이 **당신의 특별한 이야기**였습니다. 그래서 개소하는 상담연구소의 이름을 「당신의특별한 이야기 상담연구소」로 지었습니다.

하지만 호기로웠던 시작과 다르게, 저의 이야기는 다른 방향으로 흘러가 2020년 겨울에 멈춰졌습니다. 자궁이형성 3단계 말기. 의사선생님 말씀을 빌리면 자궁암으로 진행되기 직전인 상태였고 선택의 여지 없이 수술을 하게 되었습니다. 수술대에 올라가 보니, 자궁 속에는 다섯 개의 질병이 숨어 있었습니다. 자각하지 못했던 제 몸의 상태를 맞닥뜨리고 나서야, 저는 제 의지로 해 왔던 일을 내려놓아야 했습니다. 내면이 텅 빈 것처럼 위태로운 상태에서, 생각난 것이 성경 읽기였습니다. 오랫동안 참 많은 이유로 성경 읽기를 멀리하던 저였는데, 다시 잡은 성경은 참 새로웠습니다. 성경적 지식이 그다지 많지 않았던 저였지만 성경 읽기는 너무나 가슴 떨리는 일로 다가왔습니다. 생각보다 너무 더딘 회복의 시간은 제가 세상의 일에 욕심내지 않게 하는 고마운 조건이 되기도 했습니다.

그렇게 몸이 아프고 회복하는 시간을 거치면서, 저는 **당신의 특별한 이야기**라는 말에는 그 이상의 의미가 있다는 것을 알게 되었습니다. 세상으로 향하는 문들이 닫혔을 때, 저는 내면의 소리에 귀를 기울일 수 있었고 하나님께로 향하는 문이 열리는 것 같은 경험을 하였습니다. **당신의 특별한 이야기**는 그동안 만나왔던 사람들이 살아 낸 이야기를 넘어, **나를 있게 하신 하나님이 한 사람 한 사람에게 두신 이야기**라는 것을 깨달았습니다. 「당신의 특별한 이야기」는 한 사람의 이야기이자, 그 한 사람을 통해 이루어 가실 하나님의 이야기임을 알게 되었습니다.

이 책에 담은 시들은 2020년 겨울부터 2022년까지 가장 힘들고 낮아지던 시간인 동시에 성경에 의지하며 보냈던 가장 행복했던 시간 동안, 저에게 찾아온 감동으로 쓴 시들을 엮은 것입니다. 보잘것없는 저를 찾아오신 예수님의 음성이 이 글을 읽는 당신에게도 전해졌으면 합니다.